LÉON RIFFARD

SIXAIN

DE

FABLES NOUVELLES

1884

NIMES

IMPRIMERIE MARIUS VERDIER
10, Boulevard des Calquières, 10

1884

FABLES

LÉON RIFFARD

SIXAIN

DE

FABLES NOUVELLES

1884

NIMES

IMPRIMERIE MARIUS VERDIER

10, Boulevard des Calquières, 10

—

1884

A PAUL DÉROULÈDE

PRÉSIDENT DE LA LIGUE DES PATRIOTES

Parmi les vers payens, corrompus ou frivoles,
Qui vont chantant, riant, le bonnet de travers,
Ivres, menant la ronde à l'entour des idoles,
Ou bien se dénouant en sarabandes folles,
Toi seul, tu fais sonner de viriles paroles :
Tu pleures nos malheurs ; tu maudis ; tu consoles !
    Les nobles cœurs font les beaux vers.
Soldat par la bravoure, Aède par la race,
    Tu mêles combats et chansons.
    Ta muse porte la cuirasse.
       Ton Parnasse
Est, comme Gibraltar, hérissé de canons !
Laisse-moi cependant t'offrir ces quelques rimes :
    Elles n'ont rien de belliqueux,
Paysages, croquis, des contes, des maximes :
    Je m'acquitte comme je peux.
Mais toi, Poète, au vent des grands souffles lyriques,
Ouvre ton aile. Armé de la lyre d'airain
Fais pénétrer partout le charme souverain

De tes beaux chants patriotiques.
A nos jeunes Gaulois, par tes leçons épiques,
　　　Apprends la haine des Romains.
Fais redire à leurs sœurs d'héroïques refrains
　　　Comme jadis, aux temps druidiques.
La France est encor là, toujours là, c'est certain :
Aux champs, aux bois, aux paturages,
　　　Dans ces milliers de villages
Perchés sur les hauteurs, ou blottis sur les plages,
　　　Dans ces enfants, soldats demain !
Oh ! qu'ils prêtent l'oreille à ta mâle harmonie,
　　　Telle autrefois, au bon pays lorrain,
Quand la France saignait, mutilée, asservie,
　　　Agenouillée au fond des bois,
　　　Jeanne écoutait les saintes voix
Qui disaient : lève-toi ! va, sauve la Patrie !

30 Décembre 1882.

A Emile Augier

—————

L'HIRONDELLE ET LE ROSSIGNOL

—————

Une hirondelle, un jour d'orage,
Ayant volé longtemps, longtemps, au ras du sol,
Dans les chemins, le long des maisons du village,
Sur la mare, au bord de l'herbage,
Finit par se poser auprès d'un rossignol,
Qui, depuis le matin, caché sous le feuillage,
Donnait l'aubade au voisinage.
Haut sur pattes, très court de col,
Pelotonné dans son plumage,
L'œil noir, saillant, le bec ouvert,
Un petit bout de queue en l'air,
Il vibrait!... Dieu sait les roulades,
Dont il animait ses chansons !
Et les points d'orgue!... et les cascades
De trilles et de fredons !
L'hirondelle d'abord en fut abasourdie.
— Mais comment faites-vous, ma mie,

Pour vous égosiller ainsi, soir et matin,
    Sans perdre haleine?
Quoi! vous ne craignez pas de vous rompre une veine!
— Et vous, qui nous venez de quelque bord lointain
    Perdu sous la zône torride,
    Sans autre repos en chemin
Qu'un bout de mât, flottant sur la plaine liquide,
    — Lui répondit le rossignol. —
    Vous que je vois d'ici, tantôt rasant le sol,
    Tantôt planant là-haut, par de là les nuages,
    Immobile au-dessus des vents et des orages,
Quoi! vous ne craignez pas de vous casser le col,
A bout d'ailes un jour, ou de faire naufrage?
— Ma vie, à moi, n'est qu'un long vol.
— La mienne n'est qu'un long ramage.
Chacun sa loi, sa fin ; chacun son apanage. —
    Et là-dessus, le petit maëstro,
    Enchanté de montrer que sa philosophie
    Pouvait aller de pair avec sa mélodie,
    Recommença son chant, *piano, pianissimo,*
    Rinforzando, appasionnato !
Pendant que sur la mare, au-dessus de l'herbage,
Dans les chemins, le long des maisons du village,
    L'hirondelle, poussant de petits cris joyeux,
    Avec ses sœurs, à qui mieux mieux,
    Reprenait ses aimables jeux.

Tarascon, le 16 janvier 1883.

ENVOI

L'aronde vole, vole, vole
　　Toujours en l'air;
Et le rossignol rossignole
　　Toujours son air.
Le poëte enfile des rimes
Dont il compose maint collier :
Rimes charmantes ou sublimes...
Quand l'artiste s'appelle Augier.

A M. Sully-Prudhomme

LE PÊCHEUR EN EAU TROUBLE

« La belle eau claire !
Comme on y voit bien le poisson,
Ablettes, perche, carpillon,
  Et goujon,
S'ébattre autour de l'hameçon !
Mais, pour y mordre, point d'affaire.
Et *Babeau* qui m'attend la poële sur le feu !
 Vais-je encor rentrer les mains vides ?
 Ma foi, non ! Essayons un peu.
Je vois bien ce que c'est : ces eaux sont trop limpides. »
 Et là-dessus, maître Garrot
 Pose sa ligne, prend son croc,
Et soulève du fond la vase qui remonte,
 Noirâtre, comme un jet de fonte,
 Crève en bulles, et s'épand
 A la surface de l'étang.

Notre homme, satisfait, jette aussitôt sa ligne
Au large, tant qu'il peut, et bientôt, joie insigne !
Il se sent mordre ; il ferre, et sans plus de façon,
Voit sauter à ses pieds, au bout de l'hameçon,
          Dans le gazon,
      Un magnifique barbillon.
Sitôt pris, sitôt frit. On déjeune, on banquette.
      Mais voici bien une autre fête.
      Garrot, pâle comme la mort,
      Se plaint de coliques, se tord :
      — Qu'est-ce donc ! quel est ce breuvage ?
Pourquoi donc dans mon vin ce goût de marécage !
— Mais on vient de remplir la cruche, dit Babeau,
C'est de l'eau fraîche. — Non, c'est du poison, ton eau.
— Quoi ! l'eau de notre lac, si limpide, si beau !
Si goûté, si vanté de quiconque est notre hôte !
— Oui, mais je l'ai troublée. — Alors, à qui la faute ?

      A vous, aimables pêcheurs
      Qui hantez les bords du Permesse ;
      A vous, messieurs les auteurs
      Qui vous arrachez les faveurs
      Du public et de la Presse,
C'est à vous, mes amis, que va cette leçon.
      Ne prenez pas votre poisson
      En eau trouble. Rien ne vous presse.

Pas de moyens suspects. Restez dans le courant
Transparent
Où coulent les belles pensées.
C'est là qu'il faut ferrer le vers,
Le mot juste, vibrant, les rimes cadencées.
Un seul jour vous paiera de vos peines passées.
Mais fuyez le scandale ; évitez les bas-fonds ;
Les sujets qui sentent la vase.
Imitez les esprits sincères et profonds :
Faites comme l'auteur du *Vase*.

Novembre, 1884.

A François Coppée

L'AIGLE, L'OURS, LE LOUP ET LE MOINEAU

L'Aigle, l'Ours et le Loup, au fond de nos montagnes,
  S'étaient associés : beau trio de larrons !
Sitôt la nuit tombée, ils pillaient les campagnes,
  Enlevant à l'envi canards, poulets, dindons,
    Et moutons.
Le jour, ils reposaient, repus, sous une roche.
Des crânes, des lambeaux de chair, des ossements
De ce sombre manoir sont les seuls ornements.
  Aussi personne n'en approche
Les corbeaux, les hiboux, les renards, les blaireaux,
  Voleurs aussi, mais de moindre importance,
  Tout avait fui, jusqu'aux petits oiseaux :
  Ils pouvaient dormir en silence.
Mais quoi ! toujours dormir, le triste passe-temps !
Messire Loup jamais ne desserrait les dents,
Si ce n'est pour tuer, n'ayant d'autre science.
Quand à Messire l'Ours, sa pesante Excellence,

Curieuse de miel plus que de venaison,
Ronflait jusqu'à midi, n'importe la saison.
Et l'Aigle, qui n'avait jamais un mot à dire,
Rêvait, l'œil demi clos, à ses droits sur l'Empire ;
            Baillait souvent,
      Et s'ennuyait royalement.
      — Quoi ! ne vivre que pour la proie,
      Ne poursuivre jamais que rapine et butin !
      Cela suffit-il à ma joie ?
      Est-ce donc là tout mon destin ?
Tant qu'il n'est question que de chasse et de guerre,
            Passe encor.
      Cet aigrefin et ce butor
      Ne font pas trop mal mon affaire,
      Mais après ? N'est-ce pas pitié,
      Qu'une telle société ? —
      Ce jour là, plus que d'habitude,
      L'ours ronflait, et ses ronflements,
      Variés de sourds grognements,
      Animaient seuls la solitude.
Dehors tombait la pluie et sifflaient les autans.
            Un jour terne
Agité par le vent, filtrait dans la caverne ;
      Et les deux yeux fixes du loup
      Luisaient là-bas, au fond du trou.
      Tout-à-coup, chassé par l'orage,
      Qui dans les sapins faisait rage,

Demi-mort de fatigue, et plus encor de peur,
    Un pauvre petit voyageur,
Un moineau, vint tomber aux griffes du songeur.
« Ne crains donc rien, lui dit la bête carnassière,
Adoucissant sa voix, ici, dans ma tanière,
Tu m'es sacré : tout hôte est l'envoyé des Dieux. »
    Déjà l'ours entr'ouvrait les yeux,
    Et le loup allongeait la patte,
« Non, non, tu peux dormir, mon vieux »
    Dit l'aigle d'un ton sérieux,
« Et toi, rentre au plutôt ta griffe scélérate.
    Je traiterais comme ennemi
Quiconque toucherait à mon nouvel ami. »
Le moineau rassuré, d'une mine gentille,
    Ayant dit merci de son mieux
    Au maître de ces sombres lieux,
    S'ajuste, picore, sautille,
            Et babille.
Il conte ses malheurs, il conte ses amours,
    Il conte son dernier voyage.
    « Conte, Pierrot, conte toujours »
Disait l'aigle amusé de ce gai badinage.
    Plus d'humeur noire désormais.
    Le petit citadin avec son babillage,
Avait fait un salon de cet antre sauvage.
L'aigle ne pouvait plus se passer de lui. Mais
Les autres maintenant, crevaient de male rage

Car l'aigle n'allait pas une fois au gagnage
    Sans rapporter pour son oiseau chéri,
    Passé décidément au rang de favori,
    Quelque petite friandise.
    « Vous voyez comme il nous méprise,
Disaient-ils, et pour qui ? pour un godelureau
        De moineau
    Tombé chez nous un jour de pluie !
    Il paraît que monsieur s'ennuie ;
    N'est-ce pas bien flatteur pour nous ?
Nous pensions cependant que les ours et les loups
    Étaient de bonne compagnie ! »
L'aigle entendait de loin tous ces méchants propos.
— Oui, pour broyer des chairs, oui, pour casser des os, —
Leur cria-t-il un jour, d'un ton de voix sévère,
      — Vous êtes forts.
    Pour la rapine et pour la guerre
    Je rends justice à vos efforts.
    Mais quoi ! c'est tout votre mérite.
    Et la gloriole est petite.
D'autant que la panthère, ainsi que l'éléphant
Jouent bien mieux que vous de l'ongle et de la dent.
Mais celui-ci, chétif, de beaucoup vous dépasse,
    En dépit de vos grognements.
    Il a l'esprit, il a la grâce,
    La prestesse des mouvements.
Il a bien plus encor : des faveurs les plus belles

Il a la plus belle à mes yeux,
Telle qu'il n'en est pas sous la cape des cieux
Qui nous rapproche autant des Dieux.
Il possède un don merveilleux
Qne vous n'aurez jamais, animaux sans cervelles,
Lourdauds, toujours cloués à vos sentiers boueux.
— Eh qu'a-t-il donc ? — Il a des ailes ! ...

Comme les ours, comme les loups,
Les hommes aussi sont jaloux,
Jaloux entre eux — Mais si l'humaine race,
Ni plus ni moins que la limace,
Va se traînant clouée au sol,
Toi, plus hardi que l'aigle, aux confins de l'Espace,
Tu t'élèves, Poète, et montes de plein vol.

Bien légères sont les ailes
Des demoiselles
Dont l'image tremble dans l'eau
A chaque pointe de roseau.

Bien formidable est l'envergure
Du condor, le vrai roi des airs,
Qui semblable au *Trois-Ponts* déployant sa voilure
Passe là-bas, au fond des mers ;

Mais ta pensée, alerte et vive,
Puissante à la fois, et naïve,

Plus que libellule et condor,
O maître, a la grâce et l'essor..
Et tu peux, mieux qu'un autre, aux plaintes éternelles
Qui voudraient rabaisser le pauvre genre humain
Répondre hardiment, tes beaux vers à la main :
　　Nous aussi, nous avons des ailes !

A Madame Vaillant

LE RUISSEAU & LE PETIT CAILLOU

Dans le lit d'un petit ruisseau
Qui, de son flot limpide, arrose
Là-bas, au penchant du coteau,
Un pré vert, où paît maint troupeau,
Sur un banc de graviers, un petit caillou rose,
— On dirait du corail ! — brille et rit à fleur d'eau.
La lumière du jour, qui glisse à la surface,
Noire de place en place,
Où vient tomber du bord quelque sombre reflet,
Se brise obliquement sur ce petit galet,
Et tremble tout autour, comme argent fluide.
Lui, radieux, dans la poussière humide,
Triomphe. Seulement, pourquoi tant d'embarras,
Et de fracas ?
C'était assourdissant à la fin. Le murmure
De ce ruisseau grognon attristait la nature.

De quoi se plaignait-il? — Mais il se plaint de vous,
Répondit un cresson, qui, poussant en bordure,
En dehors du courant, mettait dans les remous
    De larges plaques de verdure ;
S'il coulait constamment sur un lit de cresson,
    Tranquille en son petit voyage,
De la paix, du bonheur il offrirait l'image.
C'est vous, méchants galets, qui, barrant le passage,
Le forcez de chanter sa plaintive chanson,
Et puis, vous réclamez ? Est-ce juste, est-ce sage ?

    M'est avis qu'il avait raison
      Ce cresson.
    Hélas, dans les conflits iniques
    Des caractères, des humeurs,
    Que de ruisseaux mélancoliques !
    Que de petits galets gêneurs,
      Et rageurs.

Le Havre, août 1884.

A MON CAMARADE GIRARDIN

LES DEUX CHIENS
BLANQUET ET NOIRAUD

Guillot avait deux chiens, également fidèles ;
Bon pied, bon œil, des crocs surtout,
A découdre au besoin les entrailles d'un loup !
L'un tout blanc, l'autre noir ; enfin deux vrais modèles.
Mais Guillot préférait le chien blanc au chien noir ;
     Il était facile de voir
     Quelle était pour lui sa faiblesse :
Toujours mainte faveur, toujours mainte caresse.
Sans cesse il l'appelait à ses côtés. Le soir
Lorsqu'au milieu des champs il arrêtait sa marche
     Parquant avec soin son troupeau,
Le plus loin des forêts et le plus près de l'eau,
Et qu'en son lit roulant, qu'il traînait comme une arche,
     Il se retirait pour dormir,
     Aussitôt Blanquet d'accourir,
Et de se faufiler sous le manteau de bure
Qui tenait lieu de draps comme de couverture.
Quel charmant compagnon ! Lui, c'était un plaisir !
Et pendant ce temps-là, chargé seul de la veille,

Le pauvre Noiraud bravement,
Montait la garde autour du camp,
Et ne dormait le plus souvent
Que d'un œil et que d'une oreille.
Content d'ailleurs, ne se plaignant de rien,
Incapable de jalousie,
Il faisait tous les jours, sans dire : quelle vie !
Son honnête métier de chien.
L'autre gâté par le bien-être,
Et par les faiblesses du maître,
Dégénérait. Mais voilà qu'un beau soir,
— Fort laid d'ailleurs : gros vent, ciel noir ! —
Une tempête foudroyante,
Dont les lueurs vibraient parmi les trombes d'eau,
Menace de noyer le malheureux troupeau
Et d'emporter la cabane roulante,
Où Guillot et Blanquet dormaient profondément,
Tranquilles, au milieu de ce déchaînement.
Tout-à-coup, dans les intervalles
Des coups de pluie et des rafales,
On entend un long hurlement,
Puis mille autres. C'étaient les loups du voisinage
Qui, favorisés par l'orage,
Venaient rôder autour du campement.
Un cercle d'yeux, luisant comme une braise vive,
S'allume, se resserre. Et déjà pour l'assaut,
Se dressaient sur leurs pieds les plus hardis. Noiraud

Partout présent, partout sur le qui-vive,
Farouche, colossal, gronde, grince des dents
  Et tient en échec les brigands.
Tel Kléber enfermé dans les murs de Mayence
Tenait tête aux soldats de la Sainte-Alliance !
Pourtant chaque minute augmentait le danger.
Les loups pouvaient d'un bond franchir la palissade.
Noiraud le sentait bien, mais pas un camarade
Pour aller avertir l'insouciant berger.
Il aboie, il aboie, et d'une voix puissante.
    Guillot
  Arrive enfin muni d'un énorme falot
  Dont la lumière éblouissante
  Met en fuite les assaillants.
    Il était temps !
L'un d'eux venait de sauter dans la place ;
  Noiraud, châtiant son audace,
L'étrangle net, et d'un seul coup ;
  Mais le héros était à bout.

Et Blanquet, direz-vous ?—Blanquet dans la cabine
  Ronflait de son mieux, j'imagine —
— Au lieu de secourir son brave compagnon ?....
  Comment, dans ce moment terrible,
  Il dormait ! Ce n'est pas possible.
  — Je crois que vous avez raison,
  Blanquet ne dormait pas peut-être ;
  Il avait bien dû voir le maître

Se lever, allumer sa lanterne et courir.
Non, il ne dormait pas : il feignait de dormir.

Maître en l'art d'amuser, de charmer la jeunesse,
  En lui haussant le cœur,
Inventeur abondant, ingénieux conteur,
De tant de frais récits, parfumés de sagesse,
Grand merci de l'accueil que tu fais à mes vers.
  Merci de ta bonne parole.
Mais tu n'as donc pas craint, avec cette hyperbole
De me mettre l'esprit et la tête à l'envers.
Des *chefs-d'œuvre*, hélas non ! Le mot est bénévole.
  Mais combien trop flatteur !
Manière de parler, évidemment. Mon cœur
A deviné le tien, — laissons la gloriole ; —
Celui qui m'adressa cet éloge si doux,
Ce n'est pas le lettré, le critique, — entre nous —
  C'est le camarade d'école.
Peut-être aussi que ce qui t'a plu dans mes vers
  C'est qu'ils ne vont pas sans morale
  Toujours bien simple, bien banale,
  Bonne d'autant. — Mes héros sont divers ;
L'un parfait, l'autre nul. — Pourtant je m'imagine
Qu'ils étaient à peu près pareils à l'origine :
Affaire d'habitude, effet de discipline.

A M. Camille Doucet

LES BŒUFS

Alias : *D'un bœuf qui regardait passer un train*

Au beau pays de Normandie,
Sur la pente d'une prairie
Que bordaient la rivière et le chemin de fer,
Un jeune veau, le nez en l'air,
Ecarquillait les yeux , stupéfait , immobile,
En voyant passer à la file,
Sans savoir comment ni pourquoi,
Un interminable convoi !
— Mais quelle est donc cette merveille,
Dit-il enfin
A son voisin
Un grand bœuf roux du Cotentin ?
Je n'avais jamais vu de voiture pareille.
Le grand char, couronné de foin,
Que vous traînez le soir, en rentrant à l'étable,
Pour moi, me semblait admirable.

Mais voilà qui vaut mieux, et qui va bien plus loin.
     — Trop loin ! répondit l'autre bête,
       Gravement, en hochant la tête.
       Pour moi, je serais bien surpris
       Si ce train n'allait à Paris,
Dans un certain quartier qu'on nomme *la Villette*.
       Par la portière des vagons,
       Tous ces bœufs qui passent la tête,
       Ce sont nos pauvres compagnons.
       Crois-tu qu'ils aillent à la fête ?
Les hommes ont toujours fait métier de bourreau.
Ils nous ont de tout temps décimés, mais sur place.
En l'honneur de leurs Dieux, les prêtres, sotte race,
Nous ont fait à l'autel périr sous le couteau,
Choisissant avec soins les plus gras, les plus beaux.
Les autres vieillissaient aux rustiques travaux.
       Maintenant on nous tue en masse !
       Plus de temples ! Des abattoirs
       Qu'un flot de sang toujours arrose.
On nous y mène tous, jeunes, vieux, blancs ou noirs,
       Mais sans nous couronner de rose !
       Et voilà le triste chemin
       Que nous prendrons tous : moi, demain,
       Et vous après, à tour de rôle,
       Pour la broche ou la casserole.
       Infatigable est l'appétit
       De l'ogre qui nous engloutit,

Mais il n'a plus besoin de bottes de sept lieues.
   Perçant les monts, sautant les vaux,
   Enjambant les profondes eaux,
  Les étangs verts et les mers bleues,
Une ogresse nouvelle explore tous les coins,
   Pour assouvir tant de besoins.
C'est elle qui déroule au travers de la plaine
Cet immence ruban et de fer et de feu
   Où glisse, en un tourbillon bleu,
  Ce monstre ailé qui nous emmène.
Adieu les coins ombreux, le pacage écarté,
Où nous paissions du moins avec tranquillité.
  Plus cruelle que les Furies,
La vapeur vient nous prendre au sein de nos prairies
   Et nous emporte aux boucheries.

Le bonheur des humains, leurs merveilleux progrès
Sont faits de nos malheurs: nous en payons les frais.

LA CHANSON DES SYLPHES[1]

PREMIER SYLPHE

Viens avec nous, Madeleine,
Nous te erons des bouquets,
Des bouquets de marjolaine
De marjolaine ou d'œillets.

DEUXIÈME SYLPHE

Viens avec nous, Madeleine,
Nous te ferons des colliers,
Des colliers avec la graine
Des fusains ou des sorbiers.

---

[1] Les deux pièces suivantes sont extraites d'un libretto d'opéra-féerique, dont nous donnons ici la primeur,

Troisième Sylphe

Viens avec nous, Madeleine,
Nous te ferons des chapeaux,
Des chapeaux de folle aveine
Piqués de coquelicots.

DUO DES LUTINS

TRILBY, PUCK

ENSEMBLE

Les Fadets et les Ondins
Sont de bons petits Lutins.

TRILBY

Sans nous, sans notre assistance
Que ferait le genre humain ?

PUCK

Si le monde vit demain,
C'est grâce à ma vigilance.

TRILBY

Je naquis au coin du feu :
Fils aîné du Conte bleu,
Et de la Légende rose.

PUCK

Dans un jardin enchanté
Je naquis un soir d'été,
D'un beau rayon de lune amoureux d'une rose.

TRILBY

Mon père est Conte bleu, ma mère est Conte rose.

PUCK

Mon père est rayon et ma mère est rose !

ENSEMBLE

Les Fadets et les Ondins
Sont de bons petits Lutins.

TRILBY

Dans les plaines fécondées
Moi, je fais germer le grain.

PUCK

Et moi, je règle le train,
De la pluie et des ondées.

PUCK

Et moi, pour que le ruisseau
La nuit ne manque pas d'eau,

Je réveille en passant mes petites amies
Sur leurs urnes endormies.

Ensemble

Les Fadets et les Ondins
Sont de bons petits Lutins.

Puck

Pour sauver le marin, que menace la mort
Je pousse au gouvernail, je souffle dans les voiles

Trilby

Et moi je vais bien vite allumer les étoiles
Qui lui montrent la passe, et puis, là-bas, le port !

Puck

Au plongeur disparu sous le flot déferle
Je montre le corail et j'indique la perle.

Trilby

Et moi, j'endors le dragon,
Tarasque aux écailles vertes
Qui dans les failles entrouvertes
Garde le riche filon.

PUCK

Sans nous, sans notre assistance,
Que ferait le genre humain ?

TRILBY

Si le monde vit demain
C'est grâce à ma vigilance.

ENSEMBLE

Les Fadets et les Ondins
Sont de bons petits Lutins.